Coupe du monde à Mexico

L'autrice : Mary Pope Osborne a écrit près d'une centaine de livres, récompensés par de nombreux prix. Elle vit à New York avec son mari, Will, mais voyage beaucoup pour rencontrer ses lecteurs. Lorsqu'ils ont envie de retrouver le calme de la nature, ils se réfugient dans leur chalet en Pennsylvanie. Là-bas, juste en face d'un lac, ils ont leur propre cabane dans un arbre...

L'illustrateur : Philippe Masson, né à Rennes en 1965, est issu d'une famille de marins bretons. Il est tombé amoureux de la Touraine où il vit et travaille. Dessinateur de talent, il a illustré de nombreuses séries chez Bayard, et même de la bande dessinée !

Pour Malcolm Edson Nascimento DeLuca, le petit-fils du « roi » Pelé

« C'est l'enthousiasme qui fait tout. Il doit être tendu et vibrant comme une corde de guitare. » Pelé

Titre original : *Soccer on Sunday*

Illustration de couverture et illustrations intérieures : Philippe Masson
Colorisation de la couverture : Élisabeth Jammes

La Cabane Magique est une marque déposée.

Loi n° 49-956 du 16 juillet 1949 sur les publications destinées à la jeunesse.
Dépôt légal : janvier 2021 – ISBN : 979-1-0363-2467-3
Imprimé en Italie

PEFC
PEFC/18-31-280
Certifié PEFC
Ce livre est issu de forêts gérées durablement et de source contrôlées
www.pefc-france.org

Mary Pope Osborne

La Cabane Magique

Coupe du monde à Mexico

Traduit et adapté de l'américain
par Sidonie Van den Dries

Illustré par Philippe Masson

bayard jeunesse

Léa

Âge : neuf ans.

Domicile : près du bois de Belleville.

Caractère : espiègle et curieuse.

Signes particuliers : ne manque jamais une occasion d'entraîner son frère Tom dans des aventures mouvementées, sans se soucier du danger.

Tom

Âge : onze ans.

Domicile : près du bois de Belleville.

Caractère : studieux et sérieux.

Signes particuliers : aime beaucoup les livres, qui l'aident à se sortir de situations périlleuses.

Les quarante-six premiers voyages de Tom et Léa

Tom et Léa ont découvert dans le bois de Belleville, perchée en haut d'un chêne, une cabane pleine de livres.

C'est une cabane magique !

Elle appartient à la fée Morgane, une magicienne et une célèbre bibliothécaire qui voyage à travers le temps et l'espace pour rassembler des livres.

Nos deux jeunes héros ont déjà vécu des aventures extraordinaires ! Il leur suffit d'ouvrir un livre, de poser le doigt sur une image en souhaitant se trouver à l'endroit représenté, et ils y sont aussitôt transportés !

Dans le tome précédent, Tom et Léa sont allés à Thèbes, en Égypte, en 1850. Ils ont découvert le secret de la grandeur de l'infirmière Florence Nightingale : donner un sens et un but à sa vie.

Souviens-toi...

46. Mission en Égypte

Or, les deux enfants apprennent que Florence ignore tout de son fabuleux destin, car, à cette époque, les femmes ne travaillent pas. Pourtant, la jeune anglaise n'a qu'un rêve : prendre soin des autres. En voulant la rejoindre dans la Vallée des Reines, à dos d'âne, Tom et Léa sont attaqués par des chacals. En respirant la brume d'Avalon, ils réussissent à sauver Koki, qu'on leur a confié, en escaladant une falaise, où le petit singe s'était réfugié.

Nouvelle mission

Rencontrer quatre personnages célèbres de l'Histoire et trouver le secret de leur grandeur !

Pour aider Tom et Léa dans leur mission, Merlin leur confie deux objets : un flacon de brume magique de l'île d'Avalon, qui leur donnera un talent extraordinaire pendant une heure, et l'Anneau de Vérité, un bijou enchanté qui brillera dès qu'ils auront découvert la grandeur d'un illustre personnage !
Sauront-ils éviter tous les dangers ?
Lis vite ces quatre nouveaux Cabane Magique !

44. Alexandre et l'indomptable cheval
45. Spectacle de magie avec Houdini
46. Mission en Égypte
47. Coupe du monde à Mexico

Prêt à suivre Tom et Léa
dans leurs dangereuses aventures ?
Bon voyage !

1

Pince-moi, je rêve !

Lentement, avec mille précautions, Tom promène ses mains sur la paroi rocheuse.
Il agrippe de petites bosses du bout des doigts, tandis que ses pieds nus s'enfoncent dans les fissures. Il pousse sur ses jambes et se hisse à la force des bras.
Il est presque au sommet de la falaise ! Il empoigne le rebord…
Mais soudain le vent se déchaîne. Une violente rafale lui fait perdre l'équilibre.
Ses pieds glissent ! Il reste suspendu par une main.

– Tom !

Le jeune garçon ouvre les yeux.

Il fait encore nuit ; c'est à peine s'il distingue la silhouette de sa sœur dans un rayon de lune.

– Léa ?

– Il faut qu'on y aille, chuchote la fillette.

– Il faut qu'on arrive au sommet ! rectifie-t-il.

Tom referme les yeux. Il est toujours accroché à la falaise, en fâcheuse posture.

Léa lui secoue l'épaule.

– Tom ! Réveille-toi !

– Hein ! Quoi ?

Le jeune garçon s'assied dans son lit.

– Ça alors ! J'étais en train d'escalader une falaise en Égypte. Tu…
– Tu rêvais de notre dernière mission, devine Léa. Rappelle-toi : on a grimpé là-haut pour sauver Koki. Le bébé babouin, tu te souviens ? On a eu pas mal d'ennuis, mais finalement on s'en est bien sortis…
– Oui, oui ! C'est vrai, fait Tom à voix basse.
Il se frotte les yeux et regarde sa sœur.
– Qu'est-ce qui se passe ? Quelle heure est-il ? Pourquoi tu m'as réveillé ?
– Il faut qu'on aille dans le bois de Belleville. La cabane magique est revenue.
– Comment tu le sais ?
– Je n'arrivais pas à dormir, alors j'ai regardé par la fenêtre, et j'ai vu une traînée lumineuse dans le ciel…
Tom se lève d'un bond.
– Super ! Allons-y vite ! Papa et maman sont levés ?

– Pas encore. Si on part maintenant, on sera de retour avant qu'ils se réveillent. Je vais me préparer. Rendez-vous dehors dans cinq minutes.

Léa quitte la chambre de son frère sur la pointe des pieds.

Tom ne prend même pas la peine d'allumer sa lampe de chevet. Il troque son pyjama contre un short et un T-shirt.

Puis il enfile des chaussettes et des baskets, avant de fourrer son carnet et un crayon dans son sac à dos.

Enfin, il remonte le couloir à pas de loup et sort de la maison.

Léa l'attend sous le porche.

Le soleil va bientôt se lever ; les premiers chants d'oiseaux résonnent dans la fraîcheur de ce matin d'été.

Les deux enfants traversent la pelouse humide de rosée. Ils courent le long du trottoir,

puis traversent la rue pour pénétrer dans le petit bois de Belleville.

Une lueur dorée filtre à travers le feuillage des arbres. Ici, on n'entend que le chant des oiseaux.

– Je me demande quel pays on va visiter aujourd'hui, murmure Tom.

– Et moi, je me demande quel secret de grandeur on va découvrir, ajoute la fillette.

Quel personnage exceptionnel on va rencontrer, cette fois ?

Tom et Léa s'arrêtent au pied du plus grand chêne de la forêt, et jettent un coup d'œil entre ses branches.

La cabane magique est bien là-haut !

Léa empoigne l'échelle de corde et commence à monter. Tom la suit en silence.

L'un après l'autre, les deux enfants se hissent sur le plancher de la cabane.

L'intérieur est plongé dans la pénombre, mais un rai de lumière éclaire une feuille de papier posée à même le sol. C'est là que Tom a noté les secrets de grandeur qu'ils ont appris au cours de leurs trois dernières missions[1] :

La modestie
Le travail
Donner un sens et un but à sa vie.

À côté de la feuille, Tom aperçoit l'anneau en or, le minuscule flacon et un rouleau de parchemin jauni.
Il ramasse le parchemin, le déroule et le lit à voix haute :

Chers Tom et Léa,
J'espère que votre voyage en Égypte vous a plu, et que vous êtes fiers d'avoir appris le secret de la grandeur de Florence Nightingale. Le quatrième secret que je vous charge de découvrir est celui d'un des plus grands sportifs de tous les temps : le roi Pelé…

1. Lire les tomes 44, 45 et 46.

– Pelé ! C'était un joueur de football brésilien, signale Tom.
– Je sais, dit Léa. Notre prof de sport nous a parlé de lui. Mais attends ! Ce n'est pas fini…
La fillette lit par-dessus l'épaule de son frère :

Quand vous aurez accompli votre mission, s'il vous plaît, passez me voir à Camelot avant de rentrer chez vous.
Merlin.

– Super ! Une visite à Camelot ! se réjouit Tom.
– Ouais. Mais avant, on va où ? Au Brésil ?
Les deux enfants regardent autour d'eux, à la recherche d'un indice.
Où est le livre qui va les aider à accomplir leur mission ?

– Là ! s’exclame soudain Léa.

Elle ramasse une brochure dans un coin de la cabane.

– Ça alors ! C’est incroyable !

– Quoi ? Quoi ? demande Tom.

La fillette montre sa découverte à son frère.

– La Coupe du monde de football ! s’exclame-t-il. C’est le plus grand évènement sportif du monde !

– Oui ! Et, là, elle a lieu au Mexique ! J’ai toujours rêvé d’aller à Mexico.

Léa ouvre la brochure et manque de s'étrangler.
– Waouh ! Regarde ce que Merlin nous a donné…

Elle tend deux billets violets à son frère, qui les examine attentivement.
– Mexique 70. La finale !
– Si Merlin veut qu'on y assiste, c'est parce que Pelé doit jouer, devine Léa.
– Oui, forcément. C'est génial ! Merci, Merlin !
La fillette glisse les billets dans la poche de son short.

– Tiens, n'oublie pas ça.

Tom prend le petit flacon resté par terre. Une brume scintillante tourbillonne à l'intérieur.

– La brume recueillie le premier jour de la nouvelle lune sur l'île d'Avalon, murmure-t-il.

Quand Léa et lui respirent le contenu du flacon, ils font un vœu et peuvent avoir un grand talent pendant une heure.

Le garçon range la fiole dans son sac à dos, tandis que Léa ramasse l'anneau d'or. Celui-ci se met à briller chaque fois que les enfants découvrent un secret de grandeur.

– À ton tour de porter l'Anneau de Vérité, dit la fillette. Il faudra que tu penses à le regarder quand on sera avec Pelé.

– Ne t'inquiète pas, dit Tom en passant la bague à son doigt.

– Tu es prêt ?

Le garçon hoche la tête, tout sourire.

– C'est fantastique ! On va à Mexico pour assister à la finale de la Coupe du monde de football ! On va rencontrer le roi Pelé. Pince-moi, je rêve !

– Tu es sûr que tu veux que je te pince ? le taquine Léa.

Tom pose un doigt sur la couverture du programme.

– Nous voulons aller à Mexico, en 1970 !

Le vent se met à souffler.

La cabane commence à tourner.

Elle tourne de plus en plus vite.

Puis tout s'arrête, tout se tait.

2

Trop de chance !

Un air chaud et humide s'engouffre dans la cabane.

À l'extérieur, des crissements de pneus, des coups de klaxons et des rugissements de moteurs font un vacarme assourdissant.

Tom jette un coup d'œil à ses vêtements. Il porte toujours son short et son T-shirt.

– C'est bizarre, observe-t-il. On a gardé les mêmes habits.

– Normal. Les enfants s'habillaient déjà comme ça dans les années 1970. Rappelle-toi les vieilles photos de papa et maman…

– Oui, tu as raison.

Tom et Léa regardent par la fenêtre. La cabane s'est posée dans un grand arbre au feuillage touffu, au bord d'une rue bruyante, encombrée de véhicules.

Au loin, ils aperçoivent des tours et de grands immeubles.

– On dirait qu'on a atterri au milieu de la ville, dit Tom.

Il ouvre la brochure et fait la lecture à sa sœur :

Mexico est l'une des plus grandes villes du monde. Ses habitants sont fiers qu'elle ait été choisie pour accueillir la Coupe du monde de football de 1970. Ce championnat a lieu tous les quatre ans et dure plusieurs semaines. Cette année, seize pays se disputeront le titre de champion du monde.

– Et nous, on a des billets pour la finale ! s'enthousiasme-t-il.

Il feuillette la brochure, où plusieurs photographies en noir et blanc présentent les différentes équipes.

– Mexique, Belgique, Suède, Israël, Italie, Angleterre...

– Roumanie, Allemagne de l'Ouest, Brésil..., enchaîne Léa.

– Ah, le voilà ! s'exclame Tom. Dans l'équipe du Brésil : Edson Arantes do Nascimento, dit « Pelé » !

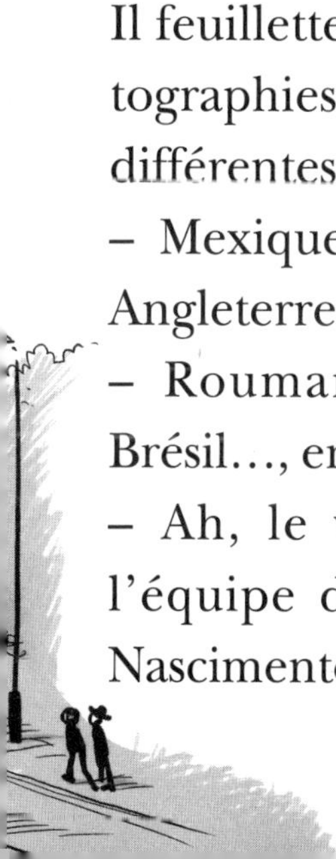

– Donc, les Brésiliens sont qualifiés pour la finale, conclut Léa. Mais ils vont jouer contre qui ?
– Patience ! On le saura bientôt.
Tom referme le programme. Lorsqu'il le range dans son sac à dos, il aperçoit son carnet et son crayon, le flacon de brume magique, ainsi que quelques pièces et billets.
– On a de l'argent mexicain, signale-t-il. Des pièces de 5 et de 10 pesos, et même des billets…
– Super ! On pourra s'acheter à manger si on a un petit creux. Des tacos, des enchiladas, des burritos… J'adore la cuisine mexicaine !
– Moi aussi ! Je sens qu'on va passer une journée fantastique !
Tom enfile son sac à dos et descend le premier l'échelle de corde, aussitôt suivi par sa sœur.

En arrivant au sol, les deux enfants découvrent une grande bâtisse blanche, surmontée d'un drapeau américain. Les mots « Ambassade des États-Unis » sont inscrits sur la façade.

Un garde en uniforme est posté devant l'entrée.

– On s'est posés devant une ambassade, commente Tom. C'est pratique…

– Ah bon, pourquoi ?
– Euh… Les ambassades sont là pour aider les gens à se débrouiller à l'étranger. C'est un peu comme un office du tourisme, j'imagine. On devrait trouver quelqu'un pour nous renseigner.
– Tu crois ? Super ! Allons voir…
Les deux enfants s'approchent du bâtiment. Le garde s'avance à leur rencontre.
– Désolé, dit-il. L'ambassade est fermée le dimanche.
Le jeune homme a l'air un peu serré dans son uniforme, avec sa casquette et ses gants blancs, mais sa voix est amicale.
– On veut juste se renseigner, répond Tom. Peut-être que vous pouvez nous aider…
L'homme esquisse une courbette.
– Bien sûr. Benny, pour vous servir ! Posez-moi toutes les questions que vous voulez…

– On est venus à Mexico pour voir le match de la Coupe du monde de football, aujourd'hui, et…

– Quelle chance ! Ça va être fabuleux ! L'Italie contre le Brésil en finale. Les deux meilleures équipes du monde !

– Le Brésil, c'est bien l'équipe de Pelé ? veut s'assurer Tom.

– Exact ! confirme Benny. Le roi Pelé !

– Savez-vous à quelle heure commence le match ? Et où est le stade ?

Le jeune homme consulte sa montre.

– Il vous reste deux heures avant le coup

d'envoi. C'est à midi au stade Azteca, à une quinzaine de kilomètres d'ici, au sud.

– Quinze kilomètres ! s'exclament Tom et Léa, consternés.

– Ne vous inquiétez pas, les rassure Benny. Vous y serez vite avec les transports en commun. La station de métro « Insurgentes » est tout près d'ici.

– In-sour-rhentes, répète le garçon, en s'efforçant de mémoriser le nom et sa prononciation.

– Vous prenez la ligne rouge en direction de Zaragoza, vous changez à Piño Suarez, et vous allez…

– Oups ! Une seconde, s'il vous plaît.

Tom sort son carnet et son crayon.

– Vous voulez bien m'épeler les noms ?

– Passe-moi ton calepin. Je vais écrire tout ça.

Le sympathique garde marmonne en griffonnant :

– Alors… La ligne rouge jusqu'à Piño Suarez, puis la bleue jusqu'à Taxqueña – c'est le terminus. Et enfin, le tramway jusqu'au stade Azteca.
– Ça m'a l'air drôlement compliqué ! soupire Tom.
– Si vous vous perdez, vous n'aurez qu'à demander votre chemin, suggère Benny. Les Mexicains sont très accueillants. Ils seront ravis de vous aider.
Il rend ses affaires à Tom, qui détache la feuille avec les indications et la glisse dans sa poche.
– Merci !
– J'espère que vous avez réservé, ajoute le jeune homme. Il paraît que tout est complet.
– Oui, oui ! On a nos billets ! affirme Léa en lui montrant les précieux papiers.

– Ça alors ! s'exclame Benny. Vous avez les meilleures places du stade !
– C'est vrai ? fait Tom, agréablement surpris.
– Comment vous les êtes-vous procurées ?
Léa hausse les épaules.
– On connaît quelqu'un qui connaît quelqu'un…
– Eh bien, je vous conseille de les ranger soigneusement. Certaines personnes seraient prêtes à tout pour avoir de tels sièges !
Léa glisse les tickets dans sa poche en riant.
– Une dernière question, Benny : comment fait-on pour aller au métro ?
– Remontez cette rue jusqu'à la statue de l'ange, puis tournez à droite sur l'avenue Florencia. Au bout de 200 ou 300 mètres, demandez à quelqu'un de vous indiquer la station « Insurgentes ».

– Merci pour votre aide ! dit la fillette.
– Oui, merci ! renchérit Tom.
– De rien. C'était un plaisir !
Tom range le programme, le carnet et le crayon dans son sac à dos.
Puis les deux enfants font des signes d'adieu au jeune homme et s'éloignent de l'ambassade.
Ils contemplent l'avenue encombrée de véhicules. L'air saturé de gaz d'échappement fait paraître la chaleur encore plus étouffante.
– Là-bas, voilà l'ange dont Benny nous parlé ! s'exclame soudain Léa.
Elle montre du doigt une immense statue dorée qui représente un ange aux ailes déployées.
– Ouf ! Ce n'est pas trop loin.
Chemin faisant, Tom et Léa dépassent des banques, des bureaux de compagnies aériennes et de luxueux hôtels.

Au pied de la statue, Tom consulte à nouveau les indications de Benny. Il regarde autour de lui.

– Par ici !

Les enfants se dépêchent de traverser et s'engagent dans l'avenue Florencia.

– Benny nous a conseillé de demander notre chemin à partir d'ici, rappelle Léa.

Elle s'approche d'une femme qui patiente au feu rouge.

– Excusez-moi, madame. Pourriez-vous nous dire où se trouve...

Elle hésite et se tourne vers son frère.

– C'est comment, déjà, le nom ?

– Insurgentes, dit Tom, imitant la prononciation de Benny.

– Oui, bien sûr ! dit la femme avec un sourire. C'est par là, tout droit. Juste après la rue Londres.

Les deux enfants la remercient et se remettent en route.

Tom est tellement excité qu'il se sent pousser des ailes.

– C'est incroyable, quand même ! On a les meilleures places de tout le stade !

– Normal. Merlin veut nous aider à réussir notre mission.

– Tu te rends compte ? Peut-être que Pelé viendra jouer tout près de nous. Et peut-être même qu'on pourra lui demander le secret de sa grandeur ! On a vraiment trop de chance !

3

Vite, au stade !

– Regarde ! s'écrie Tom en montrant un panneau sur la façade d'un immeuble. « Mercado Insurgentes ». C'est ici qu'on doit prendre le métro.

Les deux enfants se mêlent à la foule qui s'engouffre dans le bâtiment.

Ils empruntent un couloir qui serpente entre des étalages de vendeurs de ponchos, de sacs de perles tissés, d'animaux en bois sculptés, de paniers tressés en feuilles de palmiers et de bijoux en argent.

Une délicieuse odeur de viande grillée

s'élève des stands de rôtisseurs installés çà et là. Mais ça ne ressemble pas du tout à une station de métro.

Tom s'arrête devant un groupe de musiciens coiffés de sombreros.

– C'est bizarre, non ? crie-t-il à sa sœur, pour se faire entendre par-dessus la musique.

– On a dû se tromper ! dit Léa.

– Faisons demi-tour. On perd du temps !
Les deux enfants rebroussent chemin entre les étals, jusqu'à ce qu'ils s'échappent de ce marché géant.
Dehors, une pluie tiède s'est mise à tomber.
– Je ne comprends pas, soupire Tom en désignant l'inscription sur le bâtiment. Ça dit bien « Mercado Insurgentes ».
– Regarde les indications de Benny, suggère Léa.

Il sort le papier de sa poche.

– Oh non ! C'est écrit « Metro Insurgentes », et non pas « Mercado ».

– Je vais demander de l'aide ! décide la fillette.

Elle prend le papier et s'approche d'un vieil homme qui lit le journal, assis sur un banc.

– Excusez-moi, monsieur… Pourriez-vous me dire où se trouve le métro Insurgentes, s'il vous plaît ?

L'homme lui fait signe de remonter la rue.

– Merci !

Léa rejoint son frère en courant et lui rend le papier, qu'il range dans son sac à dos.

– Maintenant, dépêchons-nous, ou on va être en retard ! s'écrie-t-il.

Les deux enfants se mettent à courir sous la pluie.

Ils arrivent bientôt sur une passerelle encombrée de camions et d'automobiles et aperçoivent, en contrebas, un bâtiment en béton de forme circulaire.

Sur sa façade incurvée, couverte d'affiches et de fresques, un écriteau annonce : Plaza Insurgentes.

Un autre précise : Estación de metro.

– On y est ! s'écrie Tom.

Dans la station, c'est encore plus bruyant qu'au marché. Des centaines de voyageurs montent et descendent les escaliers.

Tom et Léa s'y engagent à leur tour. Au pied des marches, ils découvrent une rangée de tourniquets.

– Comment ça marche ? demande Léa.

– Regardons faire les gens, propose son frère.

L'un après l'autre, les voyageurs laissent tomber une pièce de un peso dans une fente, avant de pousser la barre.

Tom sort deux pièces de son sac à dos et en donne une à sa sœur. Ils franchissent les tourniquets et se retrouvent bientôt sur le quai.

Une foule compacte y attend le prochain métro.

– Voilà, ce n'était pas si difficile, soupire Léa.

Tom consulte son itinéraire.

– Il faut prendre la ligne rouge jusqu'à Piño Suarez, annonce-t-il, tandis qu'un train entre en gare.

Léa interroge sa voisine :

– C'est bien la ligne rouge, ici ?

La femme hoche la tête. Le métro s'arrête et ses portes s'ouvrent. Des passagers se précipitent hors des wagons, tandis que d'autres se ruent à l'intérieur.

Tom saisit la main de sa sœur, et ils se laissent emporter par la foule. Mais, avant qu'ils aient pu entrer dans le train, une sonnerie retentit.

Les portes se referment en claquant.

Les voyageurs qui n'ont pas pu monter reculent vite lorsque le train démarre.

– On prendra le suivant ! dit Tom.

Un autre métro entre bientôt en gare. Tom attrape à nouveau la main de sa sœur, et ils jouent des coudes pour se frayer un passage dans la cohue.

Ils franchissent la porte tant bien que mal, et les voici à l'intérieur !

– Ouf ! fait Tom.

De nouveaux passagers s'entassent dans le wagon. Les gens continuent d'entrer jusqu'à ce que la voiture soit pleine à craquer.

La sonnerie se fait entendre et les portes se ferment, puis le train démarre.

Alors qu'il s'enfonce en grondant dans le tunnel, Tom sent la sueur dégouliner sur son visage et dans sa nuque.

La chaleur est étouffante.

– Dans combien de stations on descend ? s'informe Léa.

Le garçon glisse la main dans sa poche.

Le papier où Benny a noté les directions n'y est plus.

Il retire tant bien que mal son sac à dos et le fouille méticuleusement, sans succès.

– Tu as notre itinéraire ? demande-t-il à sa sœur.

– Non, c'est toi qui l'avais.

– J'ai dû le perdre, s'affole Tom.

– Ne t'inquiète pas.

Léa interroge une femme debout près d'elle :
– Excusez-moi, madame : pour aller au stade « Azteca », s'il vous plaît ?
La femme hausse les épaules et ne dit rien. Léa s'adresse alors à un homme, qui pose la question à une autre femme.
Mais le train s'arrête, et les trois passagers quittent le wagon sans avoir répondu.
– Tu ne crois pas qu'on devrait descendre, nous aussi ? hésite Léa.
– Je n'en sais rien. Ils n'annoncent pas les stations.
De nouveaux voyageurs s'agglutinent dans le wagon. Une fois encore, Tom et Léa se retrouvent serrés comme des sardines lorsque le métro démarre.

– Comment on va au stade Azteca ? hurle soudain le jeune garçon.
– Changez à Piño Suarez ! braille un homme par-dessus le vacarme.
Il ajoute quelque chose que Tom n'entend pas.
Avant qu'il ait pu lui demander de répéter, le métro s'arrête et l'inconnu quitte le wagon.
– Est-ce qu'on est à Piño Suarez ? crie Tom.

Il cherche désespérément un indice autour de lui.
– On est à Piño Suarez ? demande Léa à une adolescente avec un énorme sac à dos.
– Désolée, je ne sais pas. Regardez sur le plan.
Elle indique une carte affichée sur la paroi opposée du wagon.
– Allons voir ! suggère Tom.

– Trop tard !

La voiture s’est déjà remplie. Les portes se referment et le métro démarre.

4

Suivez-moi !

– Zut ! peste Léa. Maintenant, il faut attendre la prochaine station.

– On a peut-être loupé Piño Suarez, s'inquiète Tom. Il faut absolument qu'on aille voir cette carte !

Dès que le train s'immobilise, les deux enfants bondissent de leurs sièges.

Mais, quand les portes s'ouvrent, personne ne descend.

Au contraire : des gens jouent des coudes pour entrer dans la voiture bondée. Et Tom et Léa ne peuvent plus la traverser.

– On n'y arrivera jamais ! soupire le jeune garçon.
– Est-ce que quelqu'un peut nous aider ? crie Léa. On va voir le match de la Coupe du monde ! Où est la station Piño Suarez ?
Pas de réponse.
– C'est fichu ! se désole Tom.
C'est alors qu'une petite voix s'élève par-dessus le vacarme :
– Excusez-moi ! Pardon, s'il vous plaît !
Un jeune garçon se fraie un passage dans la cohue, jusqu'à Tom et Léa.
– C'est vous qui allez voir le match ? leur demande-t-il.
– Oui ! confirme la fillette.
– J'y vais aussi. Je peux vous aider, si vous voulez.
– Avec plaisir ! accepte Tom. On ne sait pas où descendre.
– À la prochaine station. Vous n'avez qu'à me suivre !

Quand le métro s'arrête, Tom et Léa se dépêchent de quitter le wagon. Heureusement, la plupart des passagers descendent aussi.

– Waouh, c'était dingue ! commente Tom en arrivant sur le quai, couvert de sueur.

– Merci, lance Léa au jeune Mexicain. Je ne sais pas comment on se serait débrouillés sans toi…

– Attendez, ce n'est pas fini, répond le garçon en souriant. Maintenant, il faut prendre un autre métro. Venez, c'est par ici…

Les trois enfants empruntent un couloir qui débouche sur le quai de la ligne bleue. Des centaines de personnes s'y entassent déjà.

– Mon père m'a conseillé d'aller tout au bout, explique le garçon. Il paraît qu'on est moins serrés dans les derniers wagons.

Tom et Léa le suivent jusqu'à l'extrémité du quai, tandis que le train entre en gare.
Ils se mettent à courir avec lui quand les portes s'ouvrent, et sautent in extremis dans la dernière voiture.
En effet, ce wagon est moins bondé que les autres. Les trois enfants prennent place côte à côte.
Tom se détend peu à peu. Il sourit à leur guide.

– Je m'appelle Tom. Encore merci pour ton aide !

– De rien. Moi, c'est Roberto.

Les deux garçons échangent une poignée de main.

– Et moi, c'est Léa ! intervient la fillette en serrant à son tour la main de Roberto. Tu vas voir le match tout seul ?

– Oui. Mes parents m'ont offert un billet pour mon anniversaire. C'est le plus beau cadeau qu'on m'ait jamais fait !

– C'est aujourd'hui, ton anniversaire ? s'informe Tom.

Roberto hoche la tête.

– J'ai dix ans.

– Joyeux anniversaire ! s'exclament Tom et Léa, en chœur.

– Moi, j'ai neuf ans, confie Léa au jeune garçon. Et Tom, onze.

– Pourquoi tes parents ne t'accompagnent pas ? demande ce dernier, curieux.

– Ils n'ont pas les moyens d'acheter d'autres places, explique Roberto. J'ai huit frères et sœurs. Ils m'attendent tous à la maison avec impatience. Je dois leur raconter le match à mon retour.

Au bout d'un moment, le métro ralentit. Roberto se lève.

– On descend ici !

Les trois enfants quittent la gare par un passage souterrain.

Dehors, le vent s'est levé, mais l'atmosphère est toujours chaude et humide.

– Maintenant, on va prendre le tramway, ligne 53, indique le jeune Mexicain.
Il guide Tom et Léa jusqu'à l'arrêt en question, où s'étire une longue file de voyageurs.
– Les gens sont venus de toute l'Amérique du Sud, et même d'Europe pour voir la finale, affirme-t-il.
– Tu connais Pelé ? lui demande Léa.
– Le roi Pelé ? Bien sûr ! C'est un des meilleurs joueurs du monde. Il a marqué plus de mille buts. Son équipe aussi est excellente !
– Trois pesos, dit le conducteur à la porte du tramway.
Roberto fouille dans sa poche, mais Tom intercepte son geste.
– Je les ai.
Il tend les pièces au chauffeur.

– Merci, Tom ! le remercie Roberto.

Les trois enfants montent à bord du tramway. Direction : le stade Azteca.

Comme tous les sièges sont déjà occupés, ils restent dans l'allée et discutent avec animation.

– Le Brésil est la meilleure équipe du monde, assure Roberto. Mais les Italiens sont très forts aussi ! Vous avez entendu parler de la demi-finale : l'Italie contre l'Allemagne de l'Ouest ?

– Euh… Non. Que s'est-il passé ? demande Léa.

– L'Italie s'est fait mener pendant tout le match, mais ses joueurs n'ont jamais renoncé. Finalement, ils ont marqué cinq buts dans les prolongations !

Il se tait un instant avant d'ajouter, pensif :

– Quelle chance j'ai ! Jamais je n'aurais imaginé être ici aujourd'hui, pour voir ce match.

– Moi non plus, avoue Léa.
Tom éclate de rire.
– Ça, c'est sûr ! Moi non plus.
– On approche du stade, annonce Roberto en regardant par la fenêtre.
Tom lui sourit. Il apprécie beaucoup le jeune garçon. Et il est surpris de voir qu'un enfant de dix ans réussit à se déplacer aussi facilement dans une grande ville.
– Tu vas souvent au stade ? lui demande-t-il.
– Non, c'est la première fois. Mais j'ai répété ce trajet dans ma tête des dizaines de fois. Mon père m'a dit exactement ce que je devais faire.
– Et toi, tu joues au foot ? s'informe Léa.
– Un peu. Je ne suis pas très bon, précise Roberto.
– Moi non plus, avoue la fillette. J'adore ça, mais je suis loin d'être une championne.

– Pareil pour moi. J'adore, même si je suis nul !

Les trois enfants éclatent de rire.

Le tramway s'arrête à l'entrée d'un gigantesque parking.

Les nuages ont disparu. Un soleil éclatant a remplacé la pluie, et un nuage de vapeur s'élève du bitume.

– Voici le stade Azteca ! dit Roberto en montrant du doigt l'imposant bâtiment en béton qui se dresse devant eux.

Tom consulte sa montre.

– Il est onze heures trente-cinq. Super !

– Encore vingt-cinq minutes avant le coup d'envoi, dit Roberto. On a réussi !

– Grâce à toi ! le félicite Léa.

– Si vous voulez, on peut rester ensemble, propose le jeune Mexicain. Je vous servirai de guide.

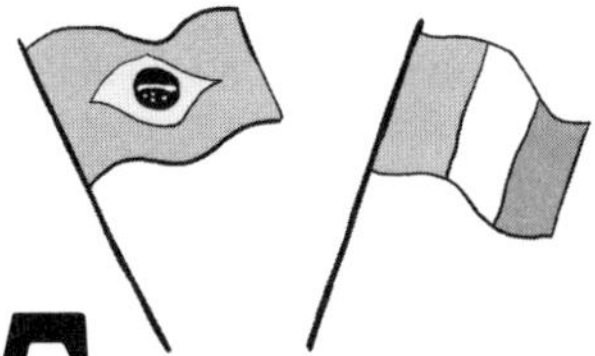

5

La tête dans les nuages

Tous trois se dirigent vers le parking.

– Le stade Azteca tire son nom des Aztèques, le peuple qui a bâti son empire dans cette partie du Mexique au XIVe siècle, explique Roberto à Tom et Léa.

Une foule de spectateurs se presse aux entrées du stade.

Tous portent des vêtements légers aux couleurs claires et des chapeaux à larges bords. Des marchands déambulent entre les voitures pour vendre des drapeaux brésiliens, italiens et mexicains.

Des enfants agitent des programmes, des maillots et des casquettes sous le nez des supporters.

Tom, Léa et Roberto gagnent l'entrée la plus proche. Léa présente son billet et celui de son frère à l'employé qui contrôle les tickets.

– Porte G, là-bas, fait-il en désignant une autre entrée.

Lorsque Roberto lui tend son billet, l'homme indique la même direction.

– Super ! se réjouit le jeune Mexicain. J'espère que je ne serai pas trop loin de vous…

Les enfants se fraient un chemin dans la foule et pénètrent enfin dans l'immense stade.

Ils lèvent les yeux vers les tribunes. Des dizaines de rangées de sièges s'alignent au-dessus du terrain de football. La pente des gradins est vertigineuse. C'est à se

demander si les spectateurs assis au dernier rang ne vont pas dégringoler sur la pelouse !

– C'est gigantesque ! s'exclame Tom.

– Et maintenant, on fait quoi ? demande Léa.

– Mon père m'a conseillé de trouver un ouvreur, répond Roberto en promenant un regard autour de lui. Là, suivez-moi !

Les enfants s'approchent d'une femme en uniforme, debout dans une allée.

Léa lui montre les billets.

– Bonjour, madame. Est-ce que vous pourriez nous indiquer nos places, s'il vous plaît ?

La femme écarquille les yeux de surprise.

– Vous avez les meilleurs sièges ! s'écrie-t-elle.

Elle désigne une rangée, tout près de la pelouse.

– C'est là, le deuxième rang, au milieu.
– Fabuleux ! s'écrie Tom.
Le garde de l'ambassade avait raison : ils sont vraiment très bien placés. Avec des sièges pareils, ils n'auront aucun mal à s'approcher de Pelé pour découvrir le secret de sa grandeur.
Tom se tourne vers Roberto, tout excité.
– Et toi, tu es où ?
Le garçon montre à son tour son billet à l'ouvreuse.
– Pouvez-vous me dire où est ma place, s'il vous plaît ?
– Eh bien, dans la même allée que tes amis....
– Youpi ! s'écrie Roberto, rayonnant.
– ... mais beaucoup plus loin de la pelouse, ajoute l'ouvreuse, avec l'air de s'excuser.
Elle indique le sommet des gradins.
– C'est tout là-haut, dans les nuages.

Le sourire de Roberto s'efface un instant, mais sa bonne humeur reprend bientôt le dessus.

– Bon, eh bien, j'y vais ! décide-t-il. Au revoir, Tom et Léa. Ça m'a fait très plaisir de vous rencontrer.

– Nous aussi, on était super contents de faire ta connaissance ! assure Tom.

Le jeune Mexicain commence à gravir les marches, quand Léa le rattrape en courant, talonnée par son frère.

– Roberto, attends ! Si tu veux, on échange nos places…

« Et notre mission ? », songe Tom en voyant sa sœur tendre son billet à leur nouvel ami.

– Non, non, je ne peux pas accepter ! se défend Roberto.

Mais Léa ne veut rien entendre.

– Allez ! C'est ton anniversaire. Au deuxième rang, tu verras mieux le match. C'est important, si tu dois le raconter en détail à tes parents et à tes frères et sœurs.

« Elle a raison », se dit Tom, touché par la générosité de sa sœur.

– Non, vraiment, je ne peux pas accepter, refuse Roberto.

– Bien sûr que si ! tranche Léa.

Elle échange le billet de Roberto contre le sien, puis grimpe les marches.

– Amusez-vous bien, les gars !

Pris de culpabilité, Tom la rattrape.

– Attends ! Ce n'est pas juste. C'est à moi de laisser ma place à Roberto.

– Ça ne me dérange pas, je t'assure…

Le jeune Mexicain éclate de rire.

– Vous êtes super sympas, tous les deux. Mais je ne veux pas prendre votre place.

Il rend son billet à Léa et récupère le sien.

– Roberto, arrête…, proteste la fillette.

– J'ai une autre idée, intervient Tom. Si on faisait un roulement ? J'échange ma place avec Roberto pendant la première mi-temps, et tu lui laisses la tienne pendant la seconde.

– Bonne idée ! applaudit Léa. Comme ça, il pourra bien profiter de tout le match ! Et nous deux, on en verra chacun une moitié dans de bonnes conditions.

– Marché conclu !

Tom retire l'Anneau de Vérité et le pose dans la main de sa sœur.

– Il vaut mieux que tu le portes, puisque tu es assise devant. Surtout, n'oublie pas de le regarder si tu crois avoir découvert le secret de Pelé.

– Bien sûr ! fait Léa en passant l'anneau à son doigt. Je te le rendrai après.

– Tu sais combien dure la mi-temps, Roberto ? demande Tom.

– Un quart d'heure.

– Ce sera largement suffisant pour échanger nos places, estime le garçon.

Il regarde le numéro de son siège.

– A-26. On se rejoint ici ? Surtout, Léa, tu ne bouges pas avant mon retour.

Sur ces recommandations, Tom troque son billet contre celui de Roberto et se met en route.

– Amuse-toi bien dans les nuages ! lui lance Léa.

Tom gravit joyeusement les gradins. Il est convaincu d'avoir fait le bon choix. Roberto mérite d'avoir un magnifique cadeau pour son anniversaire.

Cependant, plus il grimpe, plus son moral dégringole. Son siège est situé si haut qu'il risque de ne rien voir du tout !

Lorsque Tom atteint enfin le sommet des tribunes, il est essoufflé.

Il montre son billet à un ouvreur, qui lui indique sa place.

Le jeune garçon se faufile jusqu'à son siège et s'y laisse tomber pesamment. Il a l'impression que le terrain est à des milliers de kilomètres.

« Quel intérêt de regarder le match d'aussi loin ? songe-t-il. Dommage que les écrans géants n'aient pas encore été inventés, en 1970 ! »

Pourtant, les spectateurs assis autour de lui ont l'air contents.

mexico
70

Un couple et leurs deux enfants mangent des tacos en buvant des sodas. D'autres supporters agitent de petits drapeaux multicolores.

Le voisin de Tom, un adolescent, scrute le terrain à travers une paire de jumelles.

Un peu plus loin, un homme à la moustache touffue presse un poste de radio grésillant contre son oreille.

La voix du commentateur sportif distrait le jeune garçon de ses pensées moroses :

« Et voilà, c'est parti ! Dans quelques minutes, l'arbitre va siffler la mise en jeu de

la finale de la Coupe du monde ! Un milliard de téléspectateurs du monde entier ont les yeux rivés sur leur écran, et plus de cent mille supporters sont réunis pour l'occasion au stade Azteca ! »

– Ils arrivent ! s'écrie l'adolescent.

Au même instant, une clameur s'élève du public. Les deux équipes entrent sur le terrain.

– Les joueurs italiens ont des maillots bleus et des shorts blancs, commente le garçon aux jumelles. Le Brésil est en jaune et bleu ! Pelé porte le numéro dix !

Tom ne distingue ni la couleur des tenues ni les numéros des joueurs.
« Les deux équipes viennent de donner le coup d'envoi. Un premier ballon pour l'Italie, annonce le commentateur. Et voici Pelé… »
« Où ça ? Où ça ? », se demande Tom.
Il donnerait cher pour apercevoir le célèbre joueur, mais, vus de là-haut, les footballeurs ne sont pas plus gros que des fourmis.
À la radio, le journaliste parle d'une voix surexcitée. Tom n'entend que des bribes de ce qu'il dit :
« Quelle passe ! Carlos Alberto, capitaine de l'équipe du Brésil… Il frappe une très longue balle… Un dangereux coup franc ! Italie, 0. Brésil, 0. »
À chaque action, les spectateurs sifflent ou hurlent de joie. Soudain, dix milliers de supporters du Brésil se lèvent et agitent les poings en l'air en beuglant : « But ! ».

Tom bondit de son siège.
– Pelé a sauté devant un défenseur pour récupérer la balle et il a marqué de la tête ! s'écrie l'adolescent.
Tom secoue la tête, dépité. Pelé a marqué un but, et il n'a rien vu ! Si seulement il avait des jumelles, lui aussi…
Le public se rassied. Tom tend l'oreille pour ne pas perdre une miette du commentaire à la radio.
« Coup franc ! La balle passe largement au-dessus de la transversale ! Magnifique ! Le Brésil n'a pas volé sa réputation ! Six mètres ! Le gardien dégage ! »
Rien de tout cela ne ressemble à un secret de grandeur. Tom espère que Léa est attentive pour deux, et qu'elle n'oublie pas de regarder l'Anneau de Vérité.
Même s'il ne voit pas grand-chose, Tom est ravi d'avoir cédé sa place à Roberto.

« S'il était assis ici, il n'aurait rien à raconter à ses frères et sœurs en rentrant chez lui », songe-t-il.

À leur tour, les supporters de l'Italie se lèvent en hurlant.

– Les Italiens ont marqué ! annonce le garçon aux jumelles. Brésil, 1, Italie, 1 !

Tom trépigne d'impatience. Il a hâte d'échanger son siège avec Léa. Et si l'anneau n'a pas encore brillé, ce sera à lui de découvrir le secret de Pelé !

Lorsque l'arbitre siffle enfin la mi-temps, Tom consulte sa montre. Il est 12 h 45. Il a quinze minutes pour trouver Léa et Roberto.

Il se faufile devant les spectateurs de sa rangée et commence à descendre la pente vertigineuse.

6

Léa, Roberto où êtes-vous ?

Tom dévale les marches en courant, dans l'espoir de devancer la foule. Mais lorsqu'il arrive dans la partie centrale du stade, il est obligé de ralentir.

L'allée est encombrée de supporters qui achètent des sodas, des drapeaux et des casquettes à des vendeurs ambulants.

Piégé dans la cohue, le jeune garçon consulte sa montre toutes les vingt secondes. Au bout de cinq minutes, il parvient de nouveau à avancer. « A-26, A-26 », se répète-t-il tout en jouant des coudes.

– Léa ? Roberto ? chuchote-t-il en accédant aux premiers rangs de l'allée A.
Il scrute la foule des spectateurs, sans résultat. Des dizaines de chapeaux à larges bords lui cachent la vue.
– Léa ? Roberto ? crie-t-il. Léaaaa ! Robertooo !
Il regarde une nouvelle fois sa montre. Le temps a filé. Il ne reste plus que cinq minutes avant la fin de la mi-temps.

Les ouvreurs demandent déjà aux gens de rejoindre leurs places.
Tom hésite quelques secondes de trop, et le voilà prisonnier d'un nouvel embouteillage humain.
– Ne vous arrêtez pas ! crie un ouvreur. Continuez à monter !
Un rugissement s'élève de la foule. Les footballeurs italiens et brésiliens ont repris leurs positions.
Peu après, l'arbitre siffle la remise en jeu. Les joueurs se mettent à courir sur la pelouse.
Le jeune garçon n'est pas fâché de les voir de près. Il se hisse sur la pointe des pieds pour profiter du spectacle, quand un ouvreur se campe devant lui.
Tom va enfin pouvoir se renseigner.
– Je cherche la place A-26…, commence-t-il. Ma sœur…
– Montrez-moi votre billet.

Tom s'exécute.
– A-26 ? Ce n'est pas votre siège. Le vôtre est tout en haut ! aboie l'ouvreur. Rejoignez-le immédiatement, s'il vous plaît !
– Mais…
– Dépêchez-vous ! ordonne l'employé du stade, visiblement épuisé. Le match a recommencé. Regagnez votre place.
Tom obéit à contrecœur.

« Léa va se demander pourquoi je ne suis pas venu, songe-t-il en grimpant les marches. Elle risque de s'inquiéter. »
Une fois tout en haut du stade, il est à la fois déçu et anxieux. Non seulement il ne verra

pas les joueurs de près, mais en plus il ne sait pas comment il va retrouver sa sœur.
Ce serait tellement plus facile s'ils avaient des téléphones ! Hélas, en 1970, les portables n'ont pas été inventés.
Alors que les supporters de l'équipe brésilienne continuent d'acclamer leurs joueurs, Tom saisit de nouvelles bribes du commentaire à la radio :
« Le Brésil passe à l'offensive ! Fachetti essaie d'intercepter le dribble de Jairzinho… qui contourne son adversaire et passe la balle à Gerson, qui marque un superbe but du pied gauche ! »
C'est à peine si Tom réagit à ce deuxième but du Brésil. Il est trop anxieux.
Il se dit qu'à la fin du match, ça risque d'être la folie dans les allées. Encore pire qu'à la mi-temps.
Le flacon de brume magique de Merlin est dans son sac à dos. Et s'il l'utilisait tout de

suite ? Mais quel talent exceptionnel pourrait l'aider à trouver sa sœur ?
Et ensuite, comment feront-ils pour accomplir leur mission ?
« Pelé décoche un tir puissant ! braille le commentateur. Et voici Alberto… »
Plus le temps passe, plus Tom s'inquiète.
« Léa doit être très inquiète, elle aussi », songe-t-il.
« Plus que quatre minutes ! », annonce enfin le commentateur.
– Tostao a la balle ! crie l'adolescent aux jumelles. Il fait une passe à Pelé ! C'est Jairzinho qui l'a, maintenant. Il tire. Il a marqué !
« Dès que c'est fini, je file vers le siège A-26 ! décide Tom. Il faut à tout prix que je la rejoigne. Et j'espère qu'elle m'aura attendu. »
Il espère aussi que sa sœur aura découvert le secret de la grandeur de Pelé pendant

le match. Et que Roberto acceptera de les reconduire jusqu'à l'ambassade des États-Unis...
Le rugissement de la foule l'arrache à ses pensées.
« Le score final est de 4 à 1 ! Le Brésil a gagné ! Les Brésiliens sont les champions du monde ! »
Autour de Tom, les supporters laissent éclater leur joie. Ils sautent sur place et s'étreignent mutuellement.
Alors qu'il se glisse devant les spectateurs de sa rangée, le garçon entend le commentateur crier à la radio :
« De petits groupes sont descendus sur la pelouse. Ils arrachent les maillots des joueurs, leurs chaussures ! La police essaie de contenir les supporters déchaînés ! »
Tom est de plus en plus anxieux. « Pourvu que Léa ne prenne pas peur. Si elle ne reste pas à sa place, on ne se retrouvera jamais ! »

« Les coéquipiers de Pelé l'ont hissé sur leurs épaules ! s'emballe le journaliste. La fête va durer plusieurs jours ! Les joueurs sont invités ce soir à un banquet géant dans la ville de Mexico. »

– Excusez-moi ! Excusez-moi ! fait Tom.

Il commence à descendre les marches. Les gens qui quittent leurs places le poussent et le bousculent sans ménagement.

Il avance le plus vite possible pour éviter de se faire piétiner.

Arrivé dans la moitié inférieure des gradins, alors qu'il regarde autour de lui, il se fait renverser par une bande d'adolescents chahuteurs qui dansent dans l'allée. Il se relève à la hâte et grimpe sur un banc.

Et, là, il les aperçoit enfin ! Léa et Roberto sont quelques rangs devant lui. Eux aussi se sont juchés sur un banc, mais ils font face à la pelouse.

12

Ils agitent les bras en l'air, hurlent et poussent des vivats avec la foule.

D'abord soulagé, Tom sent soudain la colère l'envahir.

Léa n'est même pas en train de le chercher ! Elle n'a pas du tout l'air inquiète. Au contraire, on dirait qu'elle s'amuse comme une folle !

– Léa ! braille-t-il.

Il se dépêche de la rejoindre.

– Léa !

Léa et Roberto se retournent et lui font de joyeux signes de la main.

– Tom ! Je suis trop contente de te voir ! s'exclame la fillette. On t'a attendu tout à l'heure. Comme tu n'es pas venu, on s'est dit que ton siège devait te convenir.

– Euh, en fait…

– Merci de m'avoir laissé la place jusqu'à la fin. C'est super sympa ! enchaîne Léa. On s'est régalés, Roberto et moi ! Le match était génial !

– C'est vrai ! renchérit le jeune Mexicain.

Mais j'étais inquiet pour toi. J'espère que tu n'étais pas trop mal installé là-haut…

Tom inspire un grand coup. Puis, pour la seconde fois de la journée, il décide de se montrer généreux.

– Non, c'était parfait.

7

Au revoir, Pelé !

– C'est incroyable ! exulte Léa. Viens voir, Tom ! C'est de la folie, en bas !
Tom se hisse sur le banc entre Léa et Roberto pour assister au spectacle qui se déroule sur la pelouse. Le président du Mexique remet un trophée géant à l'équipe du Brésil. Carlos Alberto, le capitaine, le brandit au-dessus de sa tête.
– Vive le Brésil ! braille Roberto. Vive Pelé !
– Est-ce que tu as vu briller l'Anneau de Vérité ? demande Tom à sa sœur. Quand tu

regardais jouer Pelé, est-ce que tu as découvert le secret de sa grandeur ?

– Non, pas encore, répond Léa. Vive Pelé !

– Pas encore ? s'étrangle Tom. Mais quand, alors ?

– Ne t'en fais pas, on a le temps.

La fillette ôte l'Anneau de Vérité.

– Tiens, tu peux le reprendre, si tu veux.

Tom le glisse à son doigt. « À quoi bon ? songe-t-il. Je ne vois vraiment pas comment on va pouvoir l'approcher. »

Suivie par des centaines de photographes et des caméras de télévision, l'équipe du Brésil fait le tour du terrain.

Une pluie de confettis et de banderoles tombe des gradins.

Des feux d'artifice sifflent et explosent au-dessus du stade.

Des supporters agitent d'immenses drapeaux brésiliens vert, jaune et bleu. Des musiciens jouent un air entraînant.

Léa et Roberto battent des mains au rythme de la musique. Tom applaudit avec eux, s'efforçant de cacher son inquiétude et sa déception.

– Ils s'en vont ! signale soudain Roberto.

Escortés par la police, Pelé et ses coéquipiers gagnent la sortie.

Les caméras de télévision, les journalistes et une foule de fans en délire accompagnent les champions du monde.

– On devrait les suivre, nous aussi, dit Léa. Tu ne crois pas, Tom ?

– On est bien obligés ! répond le garçon. Mais lui parler risque d'être très compliqué.

– Tu viens, Roberto ? Allons-y, vite !

Les trois enfants enjambent la balustrade et descendent sur le terrain. Mais, quand ils arrivent sur la pelouse, la parade des joueurs et de leurs fans a déjà disparu.

– On les rattrapera à l'extérieur, dit Roberto, qui cavale aux côtés de Tom et Léa. Si je pouvais m'approcher à moins de cinq mètres de Pelé, ce serait le plus beau jour de ma vie !

– Moi aussi, dit Léa ! Tom et moi, on a une question à lui poser.

« Sans blague ! », songe Tom qui n'est pas très optimiste.

Les trois enfants quittent précipitamment le stade et débouchent sur le parking.

– Par ici ! Ils montent dans un bus ! s'écrie Roberto.
Effectivement, non loin de là, des supporters et des journalistes s'agglutinent autour d'un autobus. Les flashes des appareils photo crépitent.
Les journalistes bombardent les joueurs de questions. Les supporters les acclament en agitant des drapeaux.
– Vite ! crie Tom.
Ils accélèrent, mais le bus démarre avant qu'ils aient pu s'en approcher. La police écarte les fans pour le laisser passer.
– Au revoir, Pelé ! crie Léa.
Les trois enfants, consternés, regardent le véhicule quitter le parking.
« Et voilà ! Tout est fichu ! », songe Tom, lugubre. On n'a plus aucune raison d'aller à Camelot, maintenant. C'est la première fois qu'on échoue à accomplir une mission... »

On dirait que Léa lit dans ses pensées.
– Ne t'inquiète pas. L'équipe va certainement rejoindre le centre-ville. Allons-y, et essayons de la retrouver…
– Oui, pourquoi pas…, fait Tom, qui s'efforce de reprendre espoir. J'ai entendu dire à la radio que les joueurs devaient assister à une réception, ce soir…
– Cool ! Il n'y a plus qu'à découvrir où a lieu la fête. Ensuite, on pourra utiliser notre brume magique pour s'y introduire…

– Comment ? En faisant le vœu de devenir les plus grands pique-assiettes du monde ? plaisante Tom.
Léa éclate de rire.
– Je ne sais pas, on verra sur place.
Elle se tourne vers leur nouvel ami.
– Roberto, est-ce que tu pourrais nous aider à retourner au centre-ville ?
– Bien sûr ! Suivez-moi !
Les trois enfants traversent le parking bondé, en direction de la station de tramway.
– Oh là là, regardez ! s'exclame Léa en voyant les milliers de personnes qui patientent sur le trottoir.
– On va attendre des heures, soupire Roberto.
Tom se gratte la tête.
– Tu ne connaîtrais pas une autre station, dans le coin ?
– Si. Mais il y aura sûrement autant de monde.

– Qu'est-ce qu'on fait, alors ? demande Léa, découragée.
– J'ai une idée ! s'exclame le jeune Mexicain. Rejoignons une station de bus. Il y en a une près de chez ma tante, en remontant vers le nord…
– D'accord !
Tandis que les trois amis longent une route encombrée de voitures, une petite bruine se met à tomber.
Les conducteurs s'impatientent et appuient sur leur klaxon, ce qui provoque une véritable cacophonie.
– Par ici, indique Roberto.
Il conduit Tom et Léa dans un enchevêtrement de ruelles bordées de maisons délabrées. Après avoir dépassé une quincaillerie, une laverie automatique et un institut de beauté, il emprunte un chemin de terre, entre deux rangées de façades en torchis.

Malgré la pluie, des gens sont assis dehors. Certains écoutent les résultats de la Coupe du monde sur des transistors.

Le chemin borde un terrain vague, où une vingtaine d'enfants disputent une partie de football pieds nus dans la boue. Les buts sont marqués par des filets déchirés, et un adulte joue les arbitres.

En voyant les visiteurs, il donne un coup de sifflet et annonce : « Mi-temps ! » Les enfants s'arrêtent de jouer.

Quelques-uns quittent le terrain. Les autres se rassemblent en petits groupes pour discuter.

– Salut, Roberto ! lance un garçon.

– Salut, Miguel ! répond l'intéressé.

– Qu'est-ce que tu fais là ?

– Je raccompagne mes amis en ville. On va prendre le bus.

– Tiens, bonjour, Roberto ! s'exclame un autre enfant.

– Salut, Diego !

– Vous êtes au courant ? Le Brésil a gagné !

Roberto agite un poing en l'air.

– Ouais ! Vive Pelé !

Il se tourne vers Tom et Léa et leur glisse discrètement :

– J'ai joué au foot avec eux, l'autre jour, quand je suis venu voir ma tante. S'ils viennent vous parler, soyez sympas : ne leur dites pas qu'on a vu la finale. Ça les rendrait tristes, car leurs parents n'ont pas les moyens d'acheter des billets.

– Entendu, fait Léa.

Tom hoche la tête. Une fois de plus, il est impressionné par la gentillesse du jeune Mexicain.

– Est-ce que tes amis savent jouer au foot, Roberto ? questionne Miguel. Il nous manque des joueurs pour la deuxième mi-temps.

– Oh non ! Pas Roberto ! proteste un de ses camarades. Il joue trop mal ! Rappelle-toi l'autre fois…

– C'est vrai ! ajoute une fillette. On s'est fait battre à cause de lui !

– Je n'ai pas proposé à Roberto de jouer, se défend Miguel. Je lui ai demandé si ses amis savaient jouer. Il nous manque trois avants, mais on peut se débrouiller avec deux…

Tom jette un coup d'œil à Roberto. Le jeune garçon a perdu son sourire et fixe le sol.

– Certainement pas ! déclare Léa.

– Exact. Même si on n'avait pas de mission, ajoute Tom. Viens, Roberto, on s'en va !

– Non ! Attendez une seconde, intervient Léa.

Elle pivote vers le groupe d'enfants et leur dit :

– C'est d'accord, Miguel, on joue avec vous !

– Quoi ? Tu es folle ? s'étrangle son frère.

– On veut bien faire partie de votre équipe, mais seulement si vous acceptez

Roberto aussi, ajoute la fillette. Et on joue tous les trois à l'avant.

Roberto secoue la tête.

– Laisse tomber. Ils ne veulent pas de moi…

– Je ne suis pas très fort non plus, signale Tom. Qu'est-ce qui te prend, Léa ?

– Rien…

La fillette fouille dans le sac de son frère. Elle en sort le petit flacon de brume magique.

– On va devenir de grands champions, tous les trois !

8

Le match du siècle

– Tu es sérieuse ? demande Tom à sa sœur.

– Hyper sérieuse !

– Et notre mission ? Tu n'oublies pas qu'on doit aller à cette réception. Rencontrer les joueurs…

– Je sais… Mais, pour l'instant, jouer au football me paraît plus important. Tu n'es pas d'accord ?

Tom regarde la mine dépitée de Roberto. Il était si joyeux tout à l'heure, au stade… Puis il repense à la gentillesse du jeune garçon.

– Si, dit-il à Léa. Tu as raison.

Il pivote et crie à Miguel :

– Alors, on joue ? C'est nous trois ou rien.

– OK, fait le garçon à contrecœur.

Les joueurs de l'équipe de Diego s'esclaffent.

– Tu es fichu, Miguel ! Avec un boulet pareil, tu es sûr de perdre !

Roberto baisse les yeux, de plus en plus malheureux.

– Donnez-nous une minute, demande Tom.

Il fait signe à Léa et Roberto de venir tout près de lui. Le jeune Mexicain s'approche avec hésitation.

– Ils ont raison, Tom. Je joue vraiment mal, chuchote-t-il.

– Moi aussi. Mais ne t'inquiète pas : tous les trois, ensemble, on formera une équipe du tonnerre. Je te le promets !

– On va utiliser la brume magique de Merlin et faire un vœu, explique Léa.

– Le vœu de jouer comme Pelé, complète Tom.

– La brume magique ? répète Roberto, intrigué. D'accord, pourquoi pas…

– Bon, vous jouez, ou quoi ? s'impatiente Miguel.

– On arrive ! crie Tom par-dessus son épaule.

Il débouche la fiole et inspire la brume. Elle sent l'orange, la cannelle et le cèdre.

– Je voudrais jouer comme Pelé ! murmure-t-il.

Tom passe le minuscule flacon à Léa, qui respire la brume à son tour.

– Je veux jouer comme Pelé ! dit-elle avec fougue.

Roberto imite ses nouveaux amis. Il place le nez au-dessus du flacon et déclare, plein d'enthousiasme :

– Je veux jouer comme Pelé !

– Alors, ça vient ? râle Miguel.

– On arrive !

Tom range la fiole dans son sac et regarde sa montre.

– Il est trois heures et quart. La magie va durer une heure, jusqu'à quatre heures et quart.

Tom, Roberto et Léa s'approchent du terrain de foot. Ils retirent leurs baskets et leurs chaussettes pour être comme les autres.

Tom laisse son sac à dos près de ses chaussures, puis frappe dans ses mains.

– C'est parti !

Les trois amis entrent sur le terrain. Il ne pleut plus, mais la terre est détrempée, et la boue s'infiltre entre leurs orteils.

Ils prennent leurs positions d'attaquants dans l'équipe de Miguel.

– On a deux buts d'avance, les prévient celui-ci. Ne nous faites pas perdre.

Tom hoche la tête en souriant. Il est impatient de jouer.

L'arbitre pose le ballon au centre du terrain boueux. Un buteur et un autre membre de l'équipe de Diego se placent chacun d'un côté.

Derrière la ligne médiane, les adversaires regardent les trois avants d'un air farouche.
Tom leur sourit, confiant.
Puis l'arbitre siffle lc coup d'envoi de la seconde mi-temps.
Le buteur de l'équipe de Diego envoie la balle à l'une de ses coéquipières, qui la passe à Diego. En les voyant s'échanger le ballon, Tom comprend qu'ils vont affronter d'excellents joueurs.

Mais soudain Léa arrive en dérapant et leur subtilise la balle. Elle la frappe de l'intérieur du pied et la passe à Tom, qui la renvoie à Roberto.

Le jeune Mexicain se met à dribbler. Talonné par les défenseurs de l'équipe adverse, il change de vitesse : accélère et ralentit à plusieurs reprises.

Le ballon semble collé à ses pieds, jusqu'à ce que, d'un tir puissant, il l'envoie dans le filet, tel un missile.

– But ! crie l'arbitre.
– But ! braillent Tom, Léa et Roberto, les poings en l'air.
Les autres joueurs sont muets de surprise.
Le gardien récupère la balle et la remet en jeu. Une fille de l'équipe de Diego la réceptionne et la passe à une partenaire.
Les attaquants montent en enchaînant les passes. Alors, vif comme l'éclair, Tom crochète son adversaire et envoie la balle en l'air à l'intention de Roberto.
Ce dernier la contrôle de la cuisse avant de la renvoyer à Léa, qui l'arrête du pied. Elle dépasse en dribblant deux défenseurs, et fait une passe à Tom.
Le jeune garçon dévale le terrain le long de la touche. Il ne s'est jamais autant amusé de sa vie ! Il repère Roberto de l'autre côté et lui fait une passe par-dessus la tête des défenseurs.

Roberto renvoie le ballon de la tête. Léa le réceptionne. Elle l'emprisonne au sol, et court en le gardant près d'elle.
Elle feinte d'un côté, puis de l'autre, avant de le lancer vers l'arrière, où Roberto le récupère. Le jeune garçon arme son tir et marque, au nez et à la barbe du gardien.
– But !
– But ! crient Tom, Léa et Roberto en levant les poings.

Le goal remet la balle en jeu. Les adversaires s'en emparent et échangent quelques passes en direction des buts adverses.
Mais Roberto, telle une fusée, intercepte une passe entre deux joueurs. Et, d'un magistral coup de pied, envoie le ballon dans le filet.

– But ! crient Tom, Léa et Roberto.

– But ! crient en écho les enfants de l'équipe de Miguel, et même ceux de l'équipe adverse.

Tous les joueurs trouvent que le trio joue formidablement bien !
Le jeu continue. Tout le monde s'applique, mais les coéquipiers de Diego n'arrivent pas à la cheville de Tom, Léa et Roberto. Ensemble, ces trois-là sont une véritable machine à marquer des buts !
Attirés par les cris, les habitants du quartier quittent leurs perrons et leurs jardins pour venir assister au match.
Les spectateurs admirent Tom, Léa et Roberto, qui enchaînent les passes, dribblent, frappent le ballon de la tête, du pied droit et du gauche, avec le front, la poitrine, le ventre et les cuisses.
Ils les regardent zigzaguer dans la gadoue, puis tirer dans le filet. Dans les dernières secondes du jeu, Tom exécute une superbe bicyclette.
Tel un acrobate, il lance les jambes en l'air et frappe la balle au-dessus de sa tête pour

l'envoyer à Léa, qui la passe à Roberto, qui tire dans le filet, à droite du gardien.

– But !

Cette fois, tous les spectateurs, tous les joueurs, et même l'arbitre agitent les poings en l'air en criant :

– But !

Puis l'arbitre siffle la fin de la rencontre.
Les spectateurs poussent un rugissement de joie.

– Quel est le score ? demande quelqu'un.

– Aucune importance ! dit l'arbitre. C'était superbe !

Tous les enfants ont de grands sourires sur leurs visages sales, couverts de sueur. Ils se frappent le dos pour se féliciter.

Miguel et Diego hissent Roberto sur leurs épaules.

Les autres joueurs se rassemblent autour de Tom et Léa pour leur réclamer des autographes. Un adolescent prend des photos avec un appareil Polaroïd.

Un vieil homme leur serre la main en les félicitant : « Vous êtes magnifiques ! » Au milieu des acclamations, Léa demande à son frère :

– Quelle heure est-il ?

Tom consulte sa montre.

– Quatre heures moins dix.

– On devrait peut-être y aller, non ? Rappelle-toi ce qui nous est arrivé à Coney Island[1] et à Thèbes[2]...

– Oui, tu as raison.

Au cours de leurs deux dernières missions, ils ont eu de gros ennuis quand l'heure de magie s'est achevée.

Le frère et la sœur se tournent vers Roberto, qui pose pour le photographe avec un petit enfant dans les bras.

1. Lire le tome 45, *Spectacle de magie avec Houdini.*
2. Lire le tome 46, *Mission en Égypte.*

Tom se penche vers lui et lui glisse à l'oreille :
– Il faut partir, avant que l'effet de la magie disparaisse et qu'on perde nos super talents.
– Entendu !
Roberto rend l'enfant à sa mère.
– Je vous raccompagne en ville. Mais je vous préviens : ils vont nous suivre.
– Alors, filons tout de suite, pendant qu'on est encore de grands sportifs… et d'excellents coureurs, suggère Léa.
Les trois amis agitent les mains, tout en battant en retraite.
– Au revoir !
Aussitôt, des cris fusent :
– Non, attendez ! Ne partez pas ! Restez avec nous !
– Désolés, on est obligés de vous quitter, dit Léa. Merci de nous avoir laissés jouer avec vous !

Tom ramasse son sac à dos. Ils récupèrent tous les trois leurs chaussures et leurs chaussettes.

– Courez ! braille Roberto en détalant.

Tom et Léa ne se le font pas dire deux fois. Ils foncent ventre à terre à l'opposé du terrain de football.

Les enfants des deux équipes se lancent à leur poursuite.

– Stop ! Revenez !

Les trois amis font la sourde oreille et continuent de courir. Grâce à leurs talents magiques, ils enjambent sans effort un mur de pierres et jouent à saute-mouton sur une rangée de poubelles.

Leurs poursuivants ne se découragent pas pour autant.

– Attendez !

– Par ici ! crie soudain Roberto.

Il bifurque dans un étroit passage qui débouche sur un nouveau chemin de terre.

Les trois enfants détalent entre deux alignements de maisons en parpaings.
Ils zigzaguent dans un labyrinthe de draps, de torchons et de serviettes suspendus à des fils à linge. Ils évitent des nids-de-poule et des poubelles nauséabondes.
Tom a l'impression d'avoir des ailes aux pieds.

Puis la magie cesse brusquement. Tom se sent lourd, pataud. Il ralentit et s'arrête, hors d'haleine.

Léa et Roberto ne tardent pas à l'imiter. Couverts de boue, ils se laissent tomber sur le sol.

– Je… Je n'en peux plus…, halète Tom.

– Moi non plus, dit Léa.

– Je suis mort ! suffoque Roberto.
Tom consulte une nouvelle fois sa montre.
– Il est quatre heures dix-sept. Notre heure de magie est terminée.

9

Bingo !

– C'est fini, on est redevenus comme avant ? demande Roberto, le souffle court.

Tom hoche la tête.

– Heureusement, on a réussi à semer nos poursuivants !

Léa promène un regard autour d'elle et aperçoit une terrasse de café, juste à côté d'un vendeur de journaux.

– Ça vous dirait de casser une petite croûte ?

– Avec plaisir ! répondent en chœur les deux garçons.

Tom sort de son sac à dos les pesos qu'il lui reste et les montre à Roberto.

– Tu crois qu'on a assez pour s'acheter des tacos et payer les tickets de bus ?

Le jeune Mexicain hoche la tête en souriant.

– Parfait, dit Tom. Alors, à table ! Ensuite, Léa et moi irons assister à la grande réception, en ville.

– Ah ? Vous voudrez sûrement vous laver avant, alors ? réfléchit Roberto.

– Euh…

Tom hésite en regardant ses vêtements tachés de boue.

– On verra ça quand on aura mangé, tranche Léa.

Les trois enfants se relèvent et entrent dans le café.

Une femme à la peau brune et aux cheveux gris fait frire de la nourriture derrière un comptoir.

– On voudrait des tacos et des citronnades, s'il vous plaît, lui dit Roberto.

La femme hoche la tête et remplit trois assiettes qu'elle dépose sur une table. Elle apporte ensuite trois grands verres de citronnade rose.

Tom, Léa et Roberto s'attaquent aussitôt à leurs assiettes.

Tom dévore des tacos garnis de tomates, de chili et de fromage fondu. Il enchaîne avec une belle portion de haricots rouges et de riz jaune, puis vide son verre.

– Dis donc, Roberto, tu as marqué un paquet de buts, tout à l'heure, remarque Léa, la bouche pleine.

– Ouais, tu fonçais comme l'éclair. Un vrai champion ! ajoute Tom.

Roberto éclate de rire.

– Vous m'avez bien aidé ! Vous n'avez pas arrêté de me faire des passes.

– Normal. On a l'esprit d'équipe, dit Léa avec un clin d'œil.

– Absolument, confirme Tom. L'esprit d'équipe, c'est capital !

– Ça, et l'enthousiasme, dit Roberto. C'est l'enthousiasme qui fait la différence.

– Tout à fait d'accord, admet Tom. D'ailleurs, regarde comme je mange mes tacos avec enthousiasme !

– Moi aussi. C'est tellement délicieux ! fait Léa en enfournant une nouvelle bouchée de haricots.

– Hé, Tom, où tu as eu cette bague ? demande soudain Roberto. On dirait qu'elle est en feu…

– Quoi ? s'écrient Tom et Léa.

Ils regardent l'anneau qui scintille au doigt de Tom.

– Ça alors !

Léa ouvre des yeux ronds.

– De quoi on parlait, déjà ?

Tom se creuse la tête.

– Euh… de délicieux tacos…

– Des buts de Roberto ? propose Léa.

– De l'enthousiasme, se rappelle Roberto. J'ai dit : « C'est l'enthousiasme qui fait toute la différence. »

À ces mots, l'anneau s'embrase.

– C'est ça ! exulte Tom.

– Roberto, je crois que tu viens de dire

quelque chose d'exceptionnel, s'émerveille Léa.

– Quelque chose de grand ! précise Tom.

– Ce n'est pas de moi, proteste le jeune Mexicain. C'est Pelé qui l'a dit.

– Quoi ? Pelé a dit ça ? s'étrangle Tom.

– Oui. Mon père l'a lu dans le journal. Pelé disait que, pour être un bon joueur de foot, il fallait avoir de l'enthousiasme avant tout.

– Eh bien, voilà ! On a accompli notre mission ! s'exclame Léa.

– On peut aller à Camelot maintenant ! ajoute Tom.

– Quelle mission ? demande Roberto, confus. C'est où, Camelot ?

– Oh là là, c'est une longue histoire..., commence Tom.

– En fait, tu nous as aidés à découvrir un secret très important ! explique Léa. Le secret de la grandeur de Pelé. Merci beaucoup !

– De rien, fait Roberto, tout sourire.

Mais soudain la mine du jeune garçon s'assombrit.

– Je suis heureux. Et un peu triste, aussi...

– Pourquoi ?

– Aujourd'hui, c'était un jour magique. Mais c'est fini. Je ne serai plus jamais un grand joueur de football.

– Mais si, bien sûr ! objecte Léa. Tu as énormément d'enthousiasme.

– C'est tout ce que j'ai, soupire le jeune Mexicain. Je suis maladroit. Je ne cours pas assez vite, je ne tire pas assez fort… Avant de vous rencontrer, je n'avais jamais marqué un seul but.

Léa fronce les sourcils.

– Roberto, je vais te dire un truc très important. Si tu veux devenir un grand joueur de football…

– Ou un grand peu importe quoi…, intervient Tom.

– Si tu veux devenir super bon dans n'importe quel domaine, traduit Léa, tu dois connaître quatre secrets…

– Quatre ! confirme Tom. Premièrement, tu dois être modeste. Il faut que tu sois prêt à apprendre des autres…

– Je suis sûre que Roberto a cette qualité-là, dit Léa.

– C'est clair ! admet Tom. Deuxièmement, tu dois travailler dur…

– Est-ce que tu t'entraînes souvent au foot ? demande la fillette.
– Euh… non, avoue Roberto.
– Moi non plus, signale Tom. Je pense qu'on devrait s'y mettre sérieusement…
– Troisièmement, tu dois donner un but et un sens à ta vie, reprend Léa.
Roberto plisse le front.
– Qu'est-ce que ça veut dire ?
– Tu dois essayer de faire quelque chose de bien pour les autres, et pas seulement pour toi, explique Léa.
– Ah…, réfléchit Roberto. Mais alors, pour ça, le foot, c'est parfait ! C'est un sport qui réunit les gens de toutes les origines. Aujourd'hui, il y avait des supporters du monde entier dans le stade.
– Oui. Et nous aussi, le football nous a rassemblés, observe la petite fille. C'est grâce à ce match qu'on a pu faire ta connaissance…

– C'est vrai, admet Tom. Et donc, le quatrième secret de grandeur, c'est l'enthousiasme. Ça, tu n'en manques pas.
– Non, c'est sûr ! s'écrie Roberto.
Le jeune Mexicain a retrouvé le sourire.
– Maintenant, je sais ce qu'il me reste à faire. Je vais m'entraîner le plus souvent possible. Mes frères et sœurs m'aideront à… Oh, zut !
Roberto se lève d'un bond.
– Qu'est-ce qui t'arrive ?
– Je dois partir ! J'avais complètement oublié ma famille. Ils m'attendent pour que je leur raconte le match.
– Il faut qu'on parte, nous aussi, se rappelle Tom.
Il se lève, regarde la note, et laisse un petit tas de pesos sur la table. Puis les trois amis sortent du café.
Dehors, il ne pleut plus, mais des nuées de vapeur flottent au-dessus du sol.

– Où a lieu votre réception ? se renseigne Roberto.

Tom hausse les épaules.

– Aucune idée, mais on n'a plus besoin d'y aller. Notre mission est terminée. Maintenant, il faut juste qu'on retrouve l'ambassade américaine.

– Pas de problème ! Le bus s'arrête tout près, à la station Insurgentes. Je descendrai là-bas avec vous, puis je prendrai le métro pour rentrer chez moi.

Les trois enfants marchent dans une ruelle, bordée de maisonnettes en torchis.

– Le voilà ! Courons ! s'écrie soudain Roberto.

Un vieil autobus les dépasse en brinquebalant. Les trois amis foncent vers l'arrêt, une cinquantaine de mètres plus haut.

Ils arrivent juste à temps pour monter à bord du véhicule avant que les portes se referment.

– S'il vous plaît, trois tickets pour la station Insurgentes, demande Tom au conducteur.

Bien qu'il y ait de nombreuses places libres, les trois amis s'entassent sur une banquette prévue pour deux passagers.
Tandis que le bus traverse les faubourgs de Mexico, Tom appuie le front contre la fenêtre.
Il ne tarde pas à fermer les yeux… Et soudain, le voilà de nouveau dans le match. Il fonce vers les buts en dribblant, puis shoote dans le ballon, qui passe au-dessus de la tête

du gardien et va rebondir dans le filet. Tom brandit une coupe au-dessus de sa tête, sous les vivats de la foule…

– Réveillez-vous, les enfants. On est arrivés, fait une voix masculine.

Tom ouvre les yeux. Le chauffeur du bus est penché au-dessus d'eux. Ils se sont endormis pendant le trajet.

Léa secoue l'épaule de Roberto, qui se redresse brusquement.

– C'est notre station, Roberto.

Les trois enfants descendent du bus. Ils sont arrivés sur la place du métro Insurgentes.

– Est-ce que vous saurez retrouver l'ambassade, d'ici ? demande Roberto.

– Oui, bien sûr ! On a fait le trajet dans l'autre sens, ce matin.

– Parfait.

Il serre la main de Léa, puis celle de Tom.

– Merci encore à tous les deux, dit-il d'un ton solennel. Merci pour tout !

– C'est nous qui te remercions, Roberto, dit Tom.

– Oui ! Et encore joyeux anniversaire ! ajoute Léa.

Roberto lui décoche un magnifique sourire. Il salue ses deux amis avec de grands gestes, puis tourne les talons et s'engouffre dans le métro.

– Il est vraiment super sympa ! remarque Tom.

– Ouais. Dommage qu'il n'habite pas à Belleville, soupire Léa.
– On y va ?
– C'est parti ! Direction Camelot…
Tom et sa sœur remontent l'avenue Florencia dans la lumière orange du crépuscule.
Ils dépassent la statue de l'ange, puis courent dans la rue qui mène à l'ambassade des États-Unis.
Aucun garde n'est en vue.
– J'espère que Benny a pu regarder le match à la télé, dit Léa.
– Moi aussi, j'aimerais bien le voir, signale Tom. J'espère que ce sera possible sur l'ordinateur, ou en DVD…
Léa secoue la tête.
– En fait, tu n'as rien vu depuis la place de Roberto… J'en étais sûre !
Son frère acquiesce en silence.
– Tu es trop sympa, mon frère !

Le jeune garçon rougit jusqu'aux oreilles. Au même instant, il voit Benny sortir de l'ambassade.

– Bonsoir les enfants ! Alors, ce match, c'était comment ? Vous vous êtes bien amusés ?

– C'était formidable ! répond Léa.

– C'est bien ce qu'il m'a semblé ! J'en ai vu un bout à la télé… Et maintenant je rentre chez moi. Bonne soirée !

– Bonne soirée, Benny ! répondent le frère et la sœur à l'unisson.

Ils attendent devant l'ambassade que le jeune homme se soit éloigné dans l'avenue.

– C'est parti ! s'écrie Léa.

Tom et sa sœur escaladent l'échelle de corde de la cabane. Ils se hissent sur le plancher et vont regarder ensemble par la fenêtre.

Des cascades d'étoiles vertes et jaunes jaillissent à l'horizon. La ville de Mexico célèbre les nouveaux champions du monde en tirant des feux d'artifice.

– Au revoir, Mexico ! fait Tom.

– Au revoir, Pelé ! dit Léa.

– Et bonne chance, Roberto ! ajoute son frère.

Il sort son crayon et son carnet, s'agenouille sur le sol et ajoute le quatrième secret de grandeur à leur liste :

L'enthousiasme.

– Voilà, fait Léa. Maintenant, on n'a plus qu'à l'apporter à Merlin.

Elle ramasse le parchemin et pose le doigt sur le message du magicien, pile sur le mot Camelot.

– Nous voulons aller là ! chuchote-t-elle.

Un éclair de lumière jaillit dans l'obscurité. Un coup de tonnerre déchire le silence. Le vent se met à souffler…

Et les voici à destination.

10

De bons souvenirs

Une lumière dorée emplit la cabane magique. Tom et Léa se penchent à la fenêtre. La nuit commence à tomber.
La cabane ne s'est pas posée dans un arbre, mais au centre d'une clairière, dans la forêt de Camelot.
Des dizaines de lanternes sont suspendues aux branches. Les flammes éclairent des chevaliers en armure luisante et des dames coiffées de chapeaux coniques, ornés de voiles vaporeux.
Tom ne trouve pas ses mots. Léa aussi est sans voix.

La fée Morgane s'avance vers eux. La bibliothécaire est vêtue d'une longue robe de velours violette ; ses cheveux blancs scintillent dans la lueur des chandelles.

– Bienvenue, les enfants !

– Bonjour, murmure Tom.

– On n'est pas très présentables, s'excuse Léa. On vient de jouer au foot, et c'était un peu salissant…

– Vous êtes superbes ! répond Morgane en souriant. Et tout Camelot est venu fêter votre retour. Vous avez fait quarante-sept voyages dans ma cabane magique. Vous avez prouvé votre courage et votre gentillesse dans les conditions les plus difficiles…

Son bâton à la main, l'enchanteur Merlin vient se placer aux côtés de Morgane.

– Tom et Léa, j'ai entendu parler de vos aventures bien avant d'avoir l'honneur de vous rencontrer, dit-il. Vous vous êtes lancés avec courage dans de grandes aventures : au temps des dinosaures, des châteaux forts, de l'Égypte ancienne et des pirates. Et vous m'avez vraiment épaté quand vous avez délivré Morgane d'un sortilège que je lui avais lancé pour m'amuser.

La fée coule un regard malicieux vers Merlin.

– Wouf ! Wouf ! fait une voix espiègle.

Un jeune sorcier aux cheveux roux s'avance vers les deux enfants. Sa tignasse bouclée rougeoie dans la lumière des flammes.

– Teddy ! s'écrie Léa.

– Vous vous souvenez quand j'étais un chien ? leur demande-t-il avec un grand sourire. C'est vous qui m'avez aidé à rompre le sortilège !

Tom et Léa acquiescent en riant.

– Et vous avez sauvé les quatre trésors de Camelot pour Merlin, ajoute une femme en robe blanche, coiffée d'une couronne de fleurs.

Un homme vêtu d'une tunique violette et d'une cape rouge se tient près d'elle. Il est coiffé d'une couronne dorée toute simple.

– Reine Guenièvre ! Roi Arthur ! s'écrie Léa, ravie.

– Ensuite, Teddy et moi avons visité quatre villes magnifiques avec vous ! ajoute une jeune fille.

Ses cheveux bouclés tombent en cascade sur ses épaules, et ses yeux couleur d'azur pétillent.

– Bonjour, Kathleen ! dit Tom timidement.

– Pendant notre mission à New York, vous avez délivré d'un sortilège une créature qui m'est très chère, et je vous en remercie ! enchaîne Kathleen.

Une licorne blanche s'avance gracieusement dans la clairière et s'arrête aux côtés de la jeune fille.

– Dianthus ! s'exclame Léa.

– Grâce à la corne de Dianthus, vous avez découvert quatre secrets du bonheur qui ont permis de me sauver du désespoir, enchaîne Merlin.

À ces mots, le magicien prend dans ses bras

un bébé pingouin qui se cachait derrière sa cape.

– Pirlouit ! s'exclame Tom.

– Aujourd'hui, vous revenez de quatre nouvelles missions, dit Merlin. Je suppose que vous les avez toutes brillamment accomplies...

– Euh... oui, répond Léa. On a appris les secrets de la grandeur d'Alexandre de Macédoine, du magicien Houdini, de Florence Nightingale...

– Et celui du roi Pelé, achève Tom.

Il tend au magicien la feuille où il a noté les quatre secrets. Merlin la prend et lit d'une voix profonde et vibrante :

La modestie
Le travail
Donner un sens et un but à sa vie
L'enthousiasme.

Le magicien reste un instant silencieux, comme perdu dans ses pensées. Puis il reporte son attention sur Tom et Léa.

– C'est parfait ! Merci, mes chers enfants, et félicitations pour votre grandeur !

Le frère et la sœur sourient, aux anges.

– On n'est pas si grands que ça, proteste Tom.

– Oui, on est deux enfants normaux, ajoute Léa. Sauf qu'on a une chance incroyable !

– Pendant vos voyages, vous avez appris beaucoup de choses, reprend Morgane. Vous avez visité de nombreux pays et rencontré des gens remarquables. Tom, tu es devenu plus généreux, et plus courageux aussi. Et toi, Léa, tu es plus réfléchie qu'avant.

– À l'avenir, nous allons donc pouvoir vous confier des missions encore plus difficiles, dit Merlin.

– Ah bon ? fait Tom, un peu inquiet. Mais alors il faut qu'on se prépare… Que doit-on faire pour s'entraîner ?
– Ne vous inquiétez pas, le rassure Morgane. Surtout, continuez à vous comporter comme les enfants de votre âge : apprenez le plus de choses possible à l'école, amusez-vous avec vos amis et vos parents, lisez des livres…
– Jouez dehors, ajoute Teddy. Faites de la musique…
– Jouez avec les animaux, ajoute Kathleen.
Tom et Léa sourient béatement.
– Au revoir, mes chers enfants ! déclare Merlin.
– À bientôt ! ajoute Morgane.
Les flammes des chandelles dansent dans la brise. Des clochettes tintinnabulent. Une douce musique de flûte et de cor emplit la forêt.

Le vent se met à souffler.
La cabane commence à tourner.
Elle tourne de plus en plus vite.
Puis tout s'arrête, tout se tait.

La pâle lumière du petit jour filtre par la fenêtre de la cabane magique.
Tom et Léa sont de retour dans le bois de Belleville, et leurs vêtements sont propres.
Ici, le temps semble s'être arrêté en leur absence.

– J'ai rêvé, ou c'est bien arrivé, tout ça ? demande Tom à sa sœur.
– Tout ça quoi ?
– Ça : les chandelles dans la forêt, le roi Arthur, la reine Guenièvre, Merlin, Morgane, Teddy, Kathleen, tout ça…
– Euh, oui, je crois, dit la fillette.
– C'est dingue ! Je me demande quelle sera notre prochaine mission.
– Je suis trop pressée de le savoir !
– Moi aussi. Bon, on rentre ?
Tom enfile son sac à dos et descend l'échelle de corde.
Léa le suit.
Les deux enfants traversent le petit bois de Belleville en silence. C'est Tom qui reprend la parole le premier.
– Je crois que je vais acheter un but de foot avec l'argent que j'ai eu pour mon anniversaire, dit-il. Et je l'installerai dans le jardin.

– Bonne idée ! On pourra proposer à Julie et Théo de venir s'entraîner avec nous.
– Ouais ! Et aussi à William, Lila et Greg. En attendant, je vais emprunter des livres à la bibliothèque. Des récits d'aventures et des documentaires sur des sujets qui m'intéressent.
– Cool ! approuve Léa.
– Voilà ce que je te propose comme programme aujourd'hui, fait Tom. Petit-déjeuner, visite à la bibliothèque à bicyclette, magasin de sport, retour à la maison pour déjeuner, entraînement de foot, dîner, et lecture au lit avant de se coucher.
– Ça me va ! approuve Léa.
Arrivés à la lisière du bois de Belleville, les deux enfants se mettent à courir sur le trottoir, pressés de rentrer chez eux.

Fin

Découvre vite la suite des aventures de Tom et Léa dans le prochain tome :

48. Chaos chez les Mayas

Si tu as envie de nous donner
tes impressions sur la série
ou nous parler de tes propres voyages,
réels ou imaginaires,
n'hésite pas à nous écrire !

N'oublie pas d'écrire
ton nom et ton adresse
sur la lettre !